Max l'épagneul

LA SURPRISE DU CHEF

D1324791

David Catrow

Texte français d'Isabelle Allard

Éditions
■SCHOLASTIC

Pour Bubbs, qui me raconte toutes
ses aventures. — D.C.

Catalogage avant publication de Bibliothèque et Archives Canada

Catrow, David
La surprise du chef / David Catrow ;
texte français d'Isabelle Allard.

(Max l'épagneul)
Traduction de: Funny lunch.
Pour les 4-7 ans.
ISBN 978-1-4431-0344-2

I. Allard, Isabelle II. Titre.
III. Collection: Catrow, David. Max l'épagneul.

PZ26.3.C375Su 2010   j813'.6   C2010-901645-9

Édition publiée par les Éditions Scholastic,
604, rue King Ouest, Toronto (Ontario) M5V 1E1.

5 4 3 2 1   Imprimé à Singapour 46   10 11 12 13 14

Je m'appelle Max.
Je ne suis pas un chien.

Je suis un grand chef cuisinier.

H. L'ÉPAGNEUL

Mon arrière-arrière-arrière-
arrière-arrière-arrière-
arrière-arrière-grand-père
était un chef.

Il faut porter
le bon chapeau
pour avoir l'air
d'un vrai chef.

Non.

Non.

Non.

OUI!

Il faut se laver les pattes
avant de commencer.

Nous préparons de la pizza.
C'est notre plat du jour!

Nous étalons.
Nous façonnons.

Nous lançons.

Nous mettons la pizza au four.

Il ne faut pas faire attendre
les clients.

Un ventre gargouille.
Il faut que je me grouille!

Tout le monde est affamé.

— Bienvenue chez Max.
Voulez-vous une pizza? C'est notre
plat du jour.

— Oui! Une napolitaine!

— Un chapeau et des mitaines? Tenez!

Et un foulard avec ça?

— Bienvenue chez Max.
Voulez-vous notre plat du jour?

— Non, merci. Je voudrais un
chien-chaud, répond la cliente.

Alors je lui fais apporter un chien chaud.

Je chante.

Je danse.

Je fais des tours de magie.

J'entends la sonnerie
du service au volant.
Le chauffeur aboie :
— Cent pizzas toutes
garnies!

Au travail!

Nous mélangeons.

Nous étalons.

Nous mettons
au four.

Oh non! Ce n'est pas une pizza!
C'est un vrai dégât! Qu'allons-nous faire?

Un grand chef sait se débrouiller.

Nous roulons vers la pizzéria.

Nous revenons avec...

une montagne de pizzas!

Tout le monde peut se régaler…

... même les chefs!